청어詩人選 415

삶이

詩

다

윤평현 시집

청어

삶이 詩다

윤평현 시집

시인의 말

사는 날들이 시다
살아온 만큼이 시의 영역이다

주변 사람들이 나를 만들었듯
시가 외로운 시간을 보듬어 주었다
먹구름 흘러가듯 흘러간 젊음
세상은 나에게 많은 걸 베풀어 주었지만
더 많은 욕망을 향해 떠돌았다

비바람 부는 산길을 걸어 본 사람은 안다
높고 화려한 곳이 아니라
옹기종기 모여 사는 세상살이에 아름다움이 있다는 것을
낡고 허름한 곳에 기쁨이 있고 눈물이 있고 시가 있다는 것을
작고 사소한 일에도 감사하며 살아야 한다는 것을

문득
마음을 흔드는 시를 만나면 울컥하여
착해져야 한다고
더 넓어져야 한다고 다짐하지만
난 아직 그런 감동을 주지 못했다

살아갈수록 시가 그립다
그리움 위에 쓴다
어린 시에게도 박하사탕 안겨주면서
남은 길을 가고 싶다

2023년 10월 용인 수지에서

차례

제1부

여백은 아름답다

제2부

아름다움에는
저마다 아픈 흔적이 있다

제3부

자투리 땅에
꽃을 심고

제4부

그리운 날에는
시를 쓴다

제5부

물소리 바람소리

해설

제1부

여백은 아름답다

풀들은 씨뿌리지 않아도
꽃밭을 만들고 동네를 이루는데
판자촌 사람들은
수십 년 씨를 심고 가꾸어도
꽃 한 송이 피우지 못하고
또 한 해가 뉘엿뉘엿 저물어 간다

인생과 시

음식은
너무 짜도 싱거워도
맛이 없다

인생도 시도
간이 맞아야 맛이 산다

꽃샘추위 1

수월하게 되는 일이 있던가

봄과 겨울이
밀고 당기며
오락가락하는 사이로
봄은 비집고 온다

나의 봄은
아직
먼 남쪽에 있다

4월

봄은
느린 걸음으로 징검다리를 건너와
개나리 벚꽃 민들레 환하게 피워놓고
구룡마을 지나
뒷산으로 올라가네
연녹색 이파리 한 줌씩 뿌려가며

까치는 제 아이들 재롱에
깔깔깔 깔깔깔
허풍스럽게 웃으며 깨금질이네
온 동네 들썩이도록

사방천지 꽃이 피네
마음 활짝 열고 봄 맞으러 가야겠네
봄볕 나른하게 내려앉은 양재천 따라
어린 풀잎들 앞세우고
꽃잎 펄펄 날리면서

봄나물

산에는 산나물
들에는 들나물
단맛으로 먹을까
쓴맛으로 먹을까
달아도 써도 모두가 보약이려니

냉이 달래
방풍나물 고수나물 씻어 넣고
보리밥에 고추장 참기름 곁들여
한 수저 크게 물고 우적우적 씹으면
상큼한 봄 향기에
나도 푸르러 지겠네

길

자연이 가는 길은
휘돌아가는 길이 있을 뿐
곧은 길이란 없다

가서는 안 되는 길이 있고
가지 않으면 안 되는 길이 있다
가기 싫은 길이 있고
기어이 가야 하는 길이 있다

길은 왜 그리 많은지
세상을 따라가다 넘어지기도 하지만
되돌아갈 길은 없었다
처음 가는 길도
함께 걸으면 의지가 되었다

굽은 길 펴고자 애쓰는 사람들
저 깊은 고요를 깨우기 위하여
얼마나 두드렸나
얼마나 많은 길을 돌아 왔나
어디에도 쉬운 길이란 없었다

배고픔을 밀고 다니던 고난의 길
어느덧 동맥경화는 뚫리고
저 멀리 들려오는 환희의 북소리

시인의 언덕
-윤동주문학관 기행

빛바랜 흑백사진 속에
망향의 책갈피 속에
간절한 그리움이 배어있다

머나먼 고향을 바라보던
순한 눈빛을 본다
벗어버리고 싶은 모진 고통
잊어야 하지만
잊지 말아야 할 굳은 약속이 있다

그날처럼 눈발이 날리고
바닥에 깔린 슬픔을 본다
단단한 콘크리트벽 철창에 갇힌 자유를 본다
눅눅하고 숨 막히는 어둡고 싸늘한 희망을 본다
혹독한 폭력을 반성하지 않는 역사를 본다
밀려오는 슬픔의 덩어리 쓰린 속을 견디며
우물 속 하늘을 들여다본다*

인왕산 등허리에 바람이 인다
별이 반짝이는 시인의 언덕에
푸른 마음 잃지 않는 나무로 산다

다시는 무너지지 않기를
다시는 이 땅에 슬픔이 없기를
커다란 파도가 되어 거침없이 나아가기를

* 윤동주 시 「자화상」 인용: 우물 속에는 달이 밝고 구름이 흐르
고 하늘이 펼치고 / 파아란 바람이 불고 가을이 있고 추억처럼
사나이가 있습니다.

소나기 마을
-황순원 문학관 기행

너를 위한 일이라면
무엇이든 할 수 있어
네가 좋아한다면 어디든 갈 수 있어
깊은 물도 무섭지 않아

너를 생각하면 기분이 좋고
솜이불처럼 온몸이 따뜻해
꽃을 꺾을 때나 징검다리 건널 때
수수깡 초막에서
비에 젖어 떨고 있을 때
콩닥콩닥 뛰던 가슴

안개 자욱하던 날 아침 너는 떠나고
온통 너의 생각뿐
아무것도 할 수 없었어
다시는 만날 수 없다는 걸 알았지만
슬퍼도 울지 못했어

생각하면 그립고 보고 싶고
속을 까맣게 태워봐도 소용없는
텅 빈 들판에 서면
아직도 마음속에 내리는 소나기

* 황순원 문학관: 경기도 양평군 서종면 소나기마을길 24

국화꽃 향기
-미당 문학관 기행

그의 젊음을 키운 8할은 바람이었다
국화꽃을 피운 건 천둥 번개 먹구름
소쩍새였고
생을 키운 건 가난과 아내의 기도였다*

수수밭 둑 지나 회향하는 길
달맞이꽃 가득 피어있는
질마재 길 돌고 돌아
가슴 저미는 회한 낱낱이 풀어 놓고

뙤약볕 아래
어린 국화꽃 무리무리 남겨두고
부안 벌 구부러진 들판을 돌아가는
외로운 바람이었다

무서리 내리는 날 아침
어깨 툭툭 털며 무리 지어 일어날
누님 같은 국화꽃*

* 미당의 시 자화상, 내 아내, 국화 옆에서 인용

외도外島

남쪽 바다 바위섬 하나
꽃으로 나무로 조각으로
천상처럼 꾸며 놓고
주인은 몇 해 전 천상으로 떠났다 하네

구경하는 동안
온갖 꽃들이 환하게 반겨주었지만
수고로움에 가슴 저미네
가볍게 지나치려니 미안하네

연락선이 오면
오던 길로 돌아가야 하네
몇 송이 추억과
몇 장의 사진을 안고
걸음을 재촉해야 하네

몇 만 년
거친 파도에도 의연한
바위 절벽 끝에서
갈매기 끼룩끼룩 대며 돌아가라 하네
여기는 새들의 고향이라 하네

이별

뜻하지 않는 이별이 있다
마음에 새겨진 상처

잊으려 해도
흉터가 남아 있다

흉터를 바라보면
언제 보아도 마음 아프다

새벽길

떠지지 않는 눈을
부벼 깨운다

새벽은 아직 졸립지만
고단한 어깨 힘을 주어
어둠을 밀어 올린다

희망은 다시 구두끈을 조이고
어둠을 가로질러
새벽길을 뚜벅뚜벅 간다

어느새 왔는지
가을 아침이 입김을 뿜으며
저만치 앞서가고 있다

가을 향기

-한국대경문학

마음 깊은 곳
가을 한 자락 들추면
그리움이 새록새록 돋아있다

굴곡 많은 길에 삶이 아팠지만
젊음으로 견디었다
수많은 인연 짊어지고 다니다 주름진 나이
홀연히 지는 낙엽에도 향기가 있어
그 의미를 생각했다

먼 고향을 바라보는 눈망울들
한 자리에 모여
어린 시절 불러내어 안부를 묻고
젖은 소리로 어머니를 부르다 목이 메었다
삶의 절반은 그리움
나머지 절반은 기다림이었다
상처 많은 세상
헐벗고 소외 받은 그늘을 아파했다

열매 곱게 익어 온 날들을 감사했다
깊어 가는 가을
노오란 은행잎 사각사각 밟으며
가을 따라 떠나간 그리운 인연들

구룡마을의 가을

풀벌레 밤새 울어대더니
긴 여름 물러가고
구룡산 이마가 노릇노릇 익어간다

약수터 가는 길
큰불에 주저앉은 마을에도 가을이 들어
아주까리 강아지풀 먹때알 엉겅퀴
온갖 풀들 모여 앉아 씨앗을 맺는다

빈터에 덩그러니 남겨진 불타버린 삶
그 상처 안아주는 듯
타다 만 느티나무 가지
팔 닿는 곳까지 올라가
나팔꽃이 도란도란 피어있다

풀들은 씨뿌리지 않아도
꽃밭을 만들고 동네를 이루는데
판자촌 사람들은
수십 년 씨를 심고 가꾸어도
꽃 한 송이 피우지 못하고
또 한 해가 뉘엿뉘엿 저물어 간다

이순耳順

세상 순하게 살면서
희로애락에 흔들리지 않을
이순이지만

조심할 것 천지

진흙탕에 넘어지지 말고
아무 데서나 입질하여 코 꿰지 말고
헛발질로 다리 부러지지 않기를

그대 항상 무탈하시기를

말 1

불평만 쏟아 놓으면
악취가 난다
오물이 된다

꽃밭에서 향기가 나듯
희망을 얘기하면
세상은 꽃밭이다

바람 부는 날

한때
비바람이 나의 친구였다

사는 것이 버겁다며
바람처럼 떠돌고 싶었다

한 줄기 바람에도
새겨들어야 할 이야기가 있다

나는 아직
다 알아들을 수 없는데

풀들은 모두 일어나
박수치며 춤을 춘다

바람아

산 넘고
강 건너왔다

추운 골목길
돌아다니며
짐승처럼 울었다

누구나
슬픔 한 덩이 갖고 산다

어디까지 가려느냐
바람아

강 건너는 날까지

넉넉하진 못해도
무얼 더 바랄까

주름진 얼굴 거친 손 마주 잡고
마른 어깨 도닥이며
눈물 없이 살 수 있다면

고삐 없는 세월 놓아두고
바람소리 물소리
가지마다 새소리 들으며
근심 걱정 풀어 놓고 웃으며 살 수 있다면

강 건너는 날
고마웠다
미안하다
우리 다시 만나자
아쉬워하며 헤어질 수 있다면

*2014년 12월 19일, 영화 《님아, 그 강을 건너지 마오》 방영

여백

푸른 하늘이 있어
구름이 더 아름답다

누군가를 위해
여백이 되는 사람이 있다

여백이 있는 사람은
떠나는 뒷모습도 아름답다

제2부

아름다움에는 저마다
아픈 흔적이 있다

꽃길을 가다가
맘속에 있는 이들을 생각합니다
불행을 살다 떠난 영혼과
슬픔을 견디다 허물어져 간 삶과
세상 모퉁이를 떠도는 가난한 사랑을

깃들어 산다

나무는
산에 깃들어 산다

새들은
나무에 깃들어 산다

우리 모두
자연에 깃들어 산다

산사山寺

산에는
산을 닮은 사람이 산다

산사에는
산을 품고 다니는 사람이 산다

도솔암

바람의 놀이터
새들의 삶터였다

침묵이 쌓여 산이 되었고
기도가 모여 도솔암을 이루었다
벼랑에 선 나무들
바위를 붙들고 힘든 날을 견디었다

나무는 목마름 견디느라
굽고 뒤틀리고
바위는 비바람에 무너지고
세월에 깎이어 절경이 되었다

아름다움에는
저마다 아픈 흔적이 있다

스님의 옷

기워 입어도 넉넉하다

누더기가 되었어도 남루하지 않다

얼마나 많은 생각을 기웠을까
저 아득한 세월

* 성철스님은 장삼 2벌로 40년을 살았다.
  1993년 11월 4일, 81세, 법랍 58세로 원적에 드심.

목어木魚 1

뭘 그리 찾으시는가

기다려 봐도
둘러봐도
공허한 세상살이

줄 것은 이것뿐
내 빈 속을 받으시게

스치는 건
한 줄기 바람소리

마당을 쓸다

대웅전 앞
티끌 하나 없는 마당을
대비로 쓰는 것은
마음을 쓰는 것이네

매일 매일 공들여
마음의 때를 벗기는 것이네

슬픔을 쓸어내고
욕심을 쓸어내고
미움을 쓸어내고

쓸고 또 쓰는 것은
비우고 또 비우는 것이네
죽음처럼 고요한
마음을 얻는 것이네

사는 것이 전부다

죽고 싶다
죽고 싶다 해도
살고 싶은 거다

살아가려니
맛난 음식 차려 먹고
건강을 위해 몸보신하는 거다

살아 있으니
좋은 옷 차려입고
체면치레하는 거다
살아야 내일이 있고
꿈도 꾸는 거다

뭐니 뭐니 해도
살아있어야 할 말이 있는 거다
죽고 싶어도 살아야 한다
꾹꾹 누르며 살아야 한다
사는 것이 전부다

*홍사성 시 「몸을 철학 해 보니」 풍으로

꽃길을 가다가

호사스러운 봄날
꽃이 피어나는 건 은총입니다

때가 되면
꽃들이 단체로 찾아와
여기저기 무리 지어 잔치도 하고
벌 나비 불러 꽃놀이도 합니다

꽃길을 가다가
맘속에 있는 이들을 생각합니다
불행을 살다 떠난 영혼과
슬픔을 견디다 허물어져 간 삶과
세상 모퉁이를 떠도는 가난한 사랑을

왜 이제야 떠오를까요
함부로 낭비해 버린 시간들
흑백사진처럼 퇴색된 삶의 흔적들

일상에 떠밀려 다니다가
사랑과 함께 꽃길을 걷는 건 축복입니다
걸음마다 환희입니다

꽃이 된 이름
-이태석 신부님 추모

황량한 들녘
마른 가지에 피어난
외로운 꽃

가난한 이를 위해
낯선 길을 더듬어 온
가난한 꽃

더위를 견디며
어둠을 밝혀 가는
행복한 꽃

웃음 함께 버무려
팍팍한 마음마다 피어날
향기로운 꽃

* 이태석 신부님(1962. 10. 17.~2010. 01. 14.) 남수단 톤즈에서
  사목 생활.

사랑의 강
-마리아수녀원

흘러가고 또 흘러오고
마음 따라 흐르는 사랑의 강
한 생명 자라는데
얼마나 많은 기도가 있었을까

열매 맺는 동안
바람은 얼마나 불었을까
바람 잘 날 없는 나날
돌아눕는 그리움 깁고 또 기우며

저 거친 바다를 쪽배로 떠나는 아침
미소밖에 가진 게 없어
설은 웃음 지어 보낸다
정성으로 빚은 기도와 함께 보낸다

* 2014년 12월 25일, KBS《사랑의 강》방영.
 유아기에 마리아수녀원에 입소하여 수녀원의 보살핌으로 성년
 이 되어 보육원을 떠나는 과정을 그린 영상.

그 여자

그 여자는
과일을 좋아한다
비뚤어지거나
못생긴 과일도 좋아한다

힘든 일 궂은일
어려운 일 마다하지 않는다
싫은 맘 하나 없으니
상처받을 일 없다

보석 같은 여자
그를 아는 사람은 많지 않다
오른손이 하는 일
왼손이 모르기 때문이다

넉넉하지 않아도 늘 웃으며 산다
평화로운 얼굴
사람들은 그 여자를
하느님의 딸이라 한다

* 이 말가리다 자매님께

48

임진강

끊어질 듯 아픈 허리 일으켜
다시 만나야 할 강
돌아서서 껴안아야 할 산

찢겨 진 이별
곧 오마든 그 약속 잊은 채
반신불수로 칠십 년

고통의 이름
헐벗은 그대
슬픈 우리들

너는 나의 그리움
언제 떨리는 손 잡아보랴
기쁨의 눈물 흘려보랴

부르면 달려올 것 같은
그리운 강 산
오늘도 무심히 흘러가는 임진강

정말 그랬으면 좋겠네
-2019년 삼일절 100주년 기념일

봄이 오네
산에도 들에도
내 마음에도

오늘은 백 번째 3·1절
모두의 마음에 태극기 펄럭였으면 좋겠네
집집마다 거리마다
서대문형무소 싸늘한 감방
깜깜한 지하 먹방에도
아우내장터 태극기처럼 펄럭였으면 좋겠네
반쪽이 무너져 내린 아픈 상처에도
새살이 돋았으면 좋겠네
평화가 온 누리에 가득했으면 좋겠네

미워하는 마음
원망하는 마음
모두의 마음에 봄이 들어와
푸른 싹이 돋아났으면 좋겠네
경계 없는 하늘처럼
강 건너 산 너머 저쪽에도
봄 햇살 가득했으면 좋겠네

시비하는 마음 저주하는 마음 모두 내려놓고
반가운 마음으로 만났으면 좋겠네
방방곡곡 태극기 펄럭였으면 좋겠네
정말로 정말로
그랬으면 좋겠네

그날
-통일의 그날을 기다리며

기다림에 목마르다
산들바람으로 오지 말고
폭풍우로 오라

파도로 올 바엔
간지럽게 오지 말고
물기둥이 되어 오라

사랑으로 오려거든
반짝거리며 오지 말고
눈부시도록 황홀하게 오라

이념도 갈등도 찢어 버리고
미움과 편견 덩어리 털어버리고
뜨거운 가슴으로 오라

하얀 파도가 되어
저 넓은 바다의 가슴으로 오라
함께 울어도 좋고 춤을 추어도 좋을
환희의 그날

* 2015년 7월 9일, 이산가족 유전자 검사

눈 오는 날

눈이 내려 꽃이 된다
빈 가지마다
꽃이 피어 곱다

높은 가지 낮은 가지 구별 없이
온 세상 꽃밭이 된다
잘나고 못남도 모두 지워버리고
욕망과 질투
미움까지 부끄러움이 된다

빈부 가리지 않고
소복소복 내리는 눈
가난한 내 마음도
눈 오는 날에는 부자가 된다

구멍가게

점점 사라지는 풍경 하나 있다
골목길에 구멍가게
작은 물건 하나에도 기다림이 담겨있고
묵은 시간이 쌓여 있다

남아야 먹고산다
이리저리 돌려보고
흠이나 골라내며 마음 까지 후비지 마라
물건에 상처 나면 주인장 가슴도 멍든다
비싸다 투덜대지 마라
마진 하나 걸고 휴가 없이 살아온 기다림이다

작은 꿈마저 삼켜버리는 대형마트는
재벌의 내장지방
골목마다 거리마다
구멍가게가 있어야 구색이 맞다
세상을 사는 냄새가 난다

쉬운 경제학

누구나 아는 비밀이지만
봉투는 언제나 가볍다

배부르면
거들떠보지 않는다며
아우성쳐도 눈물만큼만 준다
눈 하나 꼼짝 않는다
그늘진 곳은 늘 춥고 배고프다

희망은 언제나
부풀어 있지만
기대에 미치지 못한다
가계부는 늘 귀가 맞지 않아
쥐어짜도 2%가 부족하다

경제학이란
오른쪽 주머니 구슬을
왼쪽 주머니로 옮기는 것
참 쉽다
누구나 다 안다

컵밥

간절한 소망을 섞어
시간을 쪼개어 먹는다

좁은 틈바구니
지친 몸 달래며

가난한 주머니 털어
희망을 마신다

뼛속까지 스미는 추위
오늘도 다짐을 껴입는다

천국과 지옥

천국에 살면서
지옥을 만들고
그 문으로 들어간다

지옥에 살면서
꽃밭을 만들고
천국처럼 산다

지옥으로 가는 문은
언제나
화려한 얼굴을 하고 있다

안전거리

안전거리 띄워 놓으면
반드시 끼어드는 얌체가 있다

언제나 바쁜 그대
생활에 보탬은 되시는지

염치없는 그대
자존감은 안녕하신지

안전거리 확보하면
손해 보는 것 같아도
때로는 가벼워지는 마음

숨 한 번 크게 고르고
나머진 털어버리고 가는 거다
웃으면서 가면
더욱 좋고

제3부

자투리 땅에
꽃을 심고

허물이 있어도
그래그래 웃으며
옷이 헐렁해도 넉넉해서 좋고
양푼에 밥 비벼 먹어도 흉허물없는 사이

뿌리

꽃만 보지 말고
뿌리를 보라
꽃을 피우는 건 뿌리의 힘

잊지 마라
선조는
후손의 뿌리

구복정龜伏亭*

형제들 모두 떠나고
선영의 언덕길을 홀로 오르네

비바람에 무너질까
잡초 우거질까
쌓이는 낙엽 쓸어내며
노심초사 반백 년

오늘도 구복정에 올라
선조의 모습 더듬어 보네
떠났던 기러기 돌아오고
흰 구름 하염없이 흘러가네

헐거워진 세월은
어서 가자 등 떠미는데
청청한 저 소나무
가을바람에 유유자적 너울거리네

* 구복정: 김포시 운양동의 작은 언덕. 산의 모양이 거북을 닮
  았다 하여 붙여진 이름으로 지암 윤이후支菴 尹爾厚(1636. 5. 27.~
  1699. 9. 13.)의 묘소가 있는 곳.

소왕동 가는 길

마을 앞길 지나
샛길로 들어서면
소왕동 가는 길

무성한 풀잎 사이사이
달빛 젖은 풀벌레 소리
청룡산 솔밭 사이
새소리 바람소리

흩어져 떠도는 발자국 모아
고향 땅 양지바른 곳
봄볕처럼 따스하게 살고 싶어

두륜산 높은 봉우리
흘러가는 구름 바라보며
푸른 나무로 살고 싶어

지난 태풍에
언덕배기 나무들 무사한지
무너진 곳 없는지
선영 계신 곳 편안하신지

은행잎 떨어질 때

예술 하면 배고프다더니
마흔 다 되어도
아직 준비도 못하고 흔들리는 아들
어서어서 출세하고 장가가서
능소화처럼 예쁜 아들 딸 낳았으면

옹기종기 손잡고 과자도 사주고
앙앙 울면 안아주고 달래며
마을 구경 다니고 싶다
꼬막걸음 따라다니며 꽃구경도 하고
은행잎 떨어지면 깜찍한 사진도 찍고 싶다

고단한 기색이면
며느리 주머니에 용돈도 가만히 넣어주고
밖에 나가 여기저기 구경하다가 돌아올 땐
돼지고기 한 근 뜨고
예쁜 손지갑에 머리핀 곱게 포장하여
저녁 준비하는 식탁 위에 슬며시 놓으면
마음 한쪽이 녹아내리는
정작 인자로운 아비가 되고 싶다
저녁이면 모여앉아
활짝 핀 웃음꽃이 되고 싶다

손자

내 마음에
박혀있는
작고 귀여운 보석들

명자꽃은 피었는데

꽃피는 봄날이면
행복한 마음끼리
여기저기 다니며 즐겁다

민들레 홀씨 날리며
손자하고 만들던 약속
명자꽃 피면 놀러 오겠다던
귀여운 새끼손가락

목련은 지고 있는데
주체할 수 없는 그리움
명자꽃 붉은 잎 사이로
아른거리는 손자 모습

꽃 따라 찾아오는 봄
꽃길 따라 떠나는 봄

이사하던 날

월세로 전세로 전전하다가
우리 집으로 이사하던 날
편할 줄 알았는데 쉽게 잠을 이룰 수 없었다

일 년에 두 번씩 열두 번째 이사하던 날 외상집이었지만
행복했다 모두 잠든 밤 홀로 잠 못 이루고 이곳저곳 둘러
보다가 허리운동도 해보고 대문 현관문 열었다 닫아 본
다 삐걱대는 문소리도 정겹다 허름해도 내 것이니 좋았다
얌전하게 걸려있는 문패를 쓰다듬어 보다가 다시 누워보
지만 잠을 이룰 수 없었다 들뜬 마음에 밤새도록 이 궁리
저 궁리

우리 집으로 이사하던 날
기쁘고 행복했지만

이 세상 모든 것
내 것 하나 없다는 걸*
그때는 알지 못했다

* 법정 스님의 『무소유』에서 본래무일물本來無一物

17평이 좋다

서민 아파트가 좋다며
허세 부리며 산다

집이 작으니 청소하기 쉽고
팔 뻗으면 뭐든 집을 수 있어 편하다
관리비 공과금 적으니
허리 휘지 않아 얼굴 쫙 펴고 산다

살림살이 찾기 쉽고
계단 오르내리니 튼튼한 다리
겨울이면 등 따시고
가족들 모여 앉으면 오붓해

불편할 거라 말들 하지만
그럭저럭 살만하다며 웃으며 산다
행복은 크기에 비례하지 않아
낮은 곳에도 복이 온다며 호기부리며 산다

사랑을 위하여

궁색한 마음 구석구석
돌을 골라내어
작은 밭 만들고
잡초를 뽑아내겠습니다

협소한 마음
울타리 거둬내고
언제나 다녀갈 수 있도록
문을 열어 두겠습니다

금이 쩍쩍 가는 가뭄
눈물이라도 보태어
싹을 지켜내겠습니다

사랑하는 이가 잠에서 깨어
환히 웃을 수 있게
빨간 꽃을 피우겠습니다

너랑

노을이 고운 마을에
너랑 같이 가고 싶다

넉넉하진 않아도
편안함에 감사하며 살고 싶다
맑은 시냇가
물소리 새소리 바람소리
송아지 울음소리

허물이 있어도
그래그래 웃으며
옷이 헐렁해도 넉넉해서 좋고
양푼에 밥 비벼 먹어도 흉허물없는 사이

반딧불이 반짝이고
별이 많이 많이 뜨는 마을에
너랑 같이 살고 싶다

고장 난 아내

뜬금없이
귀가 안 들린다며 답답해하는
아내를 바라본다
고단한 일상을 다듬고 고쳐 쓰느라
아옹다옹 살아온 지난날이 짠하고 먹먹하다

시끄러운 세상
차라리 잘 됐다 싶다가도
마룻바닥에 머리 숙여 걸레질하는 모습이
무너져가는 시골집 돌담장 같기도 하고
망초꽃 우거진 빈집 같기도 하여
내 마음 덩달아 무너져 내리는데

애써 태연해 보이지만
이것이 삶인가
이것이 인생인가
빛바랜 낙엽처럼 공허한 마음 어찌할까
허망하고 초라한
귀먹은 세상을 안고 펑펑 울고 싶은 날들

여기저기서
염려해주고 기도해 준 덕분인가
신부님 안수 때문인가
불러도 대답 없던 아내가 다시 듣게 되다니
꿈인지 은총인지 어리둥절하여
감사합니다
감사합니다 연발하면서
잘 보고 잘 듣는 것도 기적이라며
부러울 것 하나 없는 환한 얼굴이 되어
오늘도 하루 금쪽처럼 살아갑니다

응급실

완고하던 안전수칙은
추락하는 순간
뼈들과 함께 부서지고
구급차는 아우성치며 달려간다

통증은 영혼까지 흔드는데
응급실 문턱을 넘지 못하고 떨고 있을 때
혼비백산 달려온 가족들
떨리는 음성
무겁게 내려앉은 두려움

듬성듬성 허물어진 뼈들을 매만지며
다시 일으켜 세워야 한다
포기할 수 없다며
절망에서 끄집어낸 희망을 붙들고
응급실 찾아 동분서주

수술실 앞 14시간의 기도
기댈 곳은 오직
간절한 마음으로 로사리오기도

일상은
무심한 듯 평온한 듯 흘러가지만
하루하루
무탈하게 산다는 것이 기적이다

* 2006년 11월 20일, 세브란스병원 1604호실

동백꽃

떠나려거든
박수칠 때 떠나라

모가지가 뚝 떨어지는
동백꽃
선연한 핏빛으로

바람 부는 날
모두 잊고
흰 눈 위에 홀로 누워있을 것을

* 1994년 4월: 사직辭職

고희古稀

지금까지 잘 살았다
건강하게
평범하게
때로는 과분하게

식구들 모두 모여
박수치며 축하하니 즐겁고 행복하다
작은 걱정 하나 없을까마는
아픔 없이 산다는 것이 큰 은혜다

이제
서리가 내리려나 보다
석양이 참 곱구나

파아란 풀밭에

파아란 풀밭에
사랑을 묻고 내려오네

강을 건너야 할 시간
이제 떠나야 하네
이별을 향해 손을 흔들어야 하네

간절한 그리움
삶은 언제나 후회를 남기고
기쁨과 슬픔 사이를 기우뚱거리다가

한 번 떠나가면
후회도 용서도 아쉬움도
안타까움도 슬픔도
돌아오지 않는 강물인 것을

사랑은 가고
그리움만 남았네
파아란 풀밭에 바람만 스쳐가네

* 2016년 8월 20일, 형님 별세別世

잃어버린 기억

-치매

욕망을 잃으니
불평을 모른다
기억이 없으니 쓸모없는 추억

표정 없는 무심한 나날
꿈도 사랑도
가족도 이웃도 기억에서 떠나버리고
어이없는 말씀
당신은 누구요

불러도 되돌아오지 않는 허망한 일생
황망하고 슬프다
잃어버린 약속
차곡차곡 쌓아온 세월 부질없다

여보게 친구들
사는 날까지 놓지 마시게
기억의 줄
팽팽히 당기며 살아가세

아버지

산다는 건
삶의 애환을 짊어지고 가는 것
아픔도 그리움도 묵묵히 견디는 것

아버지 이름은 무거웠지만
힘들다 하지 않으셨다
진정 어려움이란
많은 짐을 진 게 아니라
돌아오지 않는 그리움을 기다리는 것

점점 멀어지는 이별의 흔적
떠나던 모습마저 가물거리고
간절한 그리움으로 다가올 때마다
돌아보고 또 돌아보고

빛바랜 가을
그리움을 기다리며 밤마다
마을 앞길을 서성이던 아버지는
쓸쓸한 가을바람이었다

괜찮다 괜찮다

세월이 가도
잊혀 지지 않는 건
그리움

밥풀 하나도
원하면 내어주던 어머니는
아픔이었습니다

어머니라는 이유로
함부로 대했습니다
괜찮다 괜찮다 하시기에
그런 줄 알았습니다

뉘우쳐도 소용없는 서러운 날
후회로 남아
어머니하고 부르면
저려오는 가슴

이제 돌아갈 수 없는
마음 저 깊은 곳
지워지지 않는 푸른 멍입니다

마중물

어머니는 마중물이었다
넘어질 때마다
안아 일으켜 세우시고

서툰 걸음 손잡아 주셨다
딱지처럼 아픈 슬픔 떼어 주고
지쳐 있을 때 마음을 쓸어 주셨다

가슴 아파하며
칙칙한 어둠에서 괴로워할 때
기도로 밤을 새우시고
막히거나 부족할 땐 길이 되셨다

깊고 신선한 물이 올라오면
모든 수고로움 뒤로하고
아낌없이 마른 땅 적시러 가는
마중물이 되셨다

6·25와 어머니

죽어서 돌아오지 못한
아들은 가슴에 묻고
살았는지 죽었는지
행방을 알 수 없는 아들은 기다린 지 30년

춥고 배고프고 헐벗은 것은
서러움도 아니었다
살아있는 것만으로도 행운이었다
어머니 그늘에 있는 것만으로도 위안이었다

궂은날이면 어머니는
먼 산 바라보며 말이 없었다
너무 멀리 가버린 이별
눈물 고인 세월마다 슬픈 6·25

* 공부하러 서울 간 아들은 6·25전쟁으로 돌아오지 않았다. 어
  머니는 30년을 기다리다 돌아가셨고, 40년이 또 지나갔다. 세
  월이 흘러도 잊히지 않는 그리움, 어머니 일생은 간절한 기다림
  이었다.

왜

왜
돌아오지 못하느냐
아들아

밤마다 너를 부른다
오늘은 어디서 비를 맞느냐
눈보라 속에 발이 젖느냐
가슴 후련할 때까지
목 놓아 불러나 보았으면

가슴을 열어보면
숯덩이가 쏟아질 거라 하시던
어머니 일생은 기다림이었다
간절한 삼십 년 메마른 통곡이었다

아들아
아들아
배 바닥 같은 내 아들아

어머니의 강

여름 한 가운데 앉아
김매던 밭두렁
돌아보면 금세 풀잎 올라와
허리 펼 날 없는 날들

한숨 배어있는 세월
언제 위로해 드렸나
종일 비비던 먼지 툭툭 털어내시듯
털어내는 아픈 그리움

뿌리내리고 잔가지 펄럭이기까지
기쁨보다 길었던 기다림
수없이 바람은 불었지만
열매 맺도록 기다려 주신 은혜

사무치게 그리워지는 것은
어머니의 삶을 살려 해도
강처럼 흐르는 어머니의 사랑을
따라 흐를 수 없기 때문입니다

제4부

그리운 날에는
시를 쓴다

길은 어디에도 있다
가지 않으면 어디에도 없다
한 무더기 슬픔도
마음을 더하면 다시 길이 된다

옛 생각

까치 소리
고요한 오후를 깨우고 간다

가지마다
꽃망울 탱탱하다

곧 터지겠다
가슴에 고인 눈물

봄비 오는 날

자작자작
봄비 오는 날

둥그런 탁자 위에
연탄불 활활 타오르면
맷돌에 녹두 갈아 빈대떡 지져놓고
기쁜 마음 주고받을
양푼 술잔 갖다 놓고

마음 포개어 깔고
친구와 마주 앉아
옛 추억 뚝뚝 떼어
세상 살아가는 이런저런 인생 나누다가

마음 까지 촉촉이 젖는 밤
나도 빈대떡 되어
친구의 젓가락에 집혀
안주가 되고 싶은 봄비 오는 날

봄의 향연

찬란하던 봄도
꽃의 향연도
한바탕 꿈이었구나

손 시리던 날 홍매화 산수유 다녀갔고
끼리끼리 같이 피던 목련 개나리 피고 지고
우르르 몰려다니며 피던 벚꽃은 비바람이 몰아가고
수줍어하던 명자꽃도 소문 없이 가버리고
이제 홀로 남아
지난봄을 아쉬워하네

초록빛 오월
벌 나비 놀던 그 자리마다
애기열매 초롱초롱한 눈망울들
아 꿈이 아니었구나

가지마다 온갖 새들 찾아와
왁자지껄 잔치하는데
내 마음만 텅 비어 있었구나

내일은
굴곡의 세월 모진 비바람 같이 맞던
벗들 함께 오월의 노래 부르고 싶구나
마음속에 남아 있는 옛 노래를

봄동

봄비 맞으며
겨울은 떠나갔지만
뒷 끝은 아직도 까실까실합니다

콧등 사나운 겨울이라도
상냥한 봄을 만나면 금방 누그러져
마른 가지에도 푸른 물이 돌아
어린 싹들이 눈을 가늘게 뜨고
싱그런 하늘을 바라봅니다

겨우내 오돌오돌 떨던
동박새 직박구리 참새들도
봄 냄새를 맡았는지
목소리가 한결 밝아졌습니다

고향에 사는 친구가
고향 한 상자를 보내왔습니다
정까지 듬뿍 담았는지
향기로운 봄 내음이 가득합니다
봄동 시금치 파 냉이 달래
꿀 먹은 고추장까지
푸릇푸릇한 봄이 쏟아집니다

봄처럼 따스하고
봄동처럼 투박한
친구가 와락 보고 싶습니다

춘정리 연가

아름다운 기억
지워지지 않는 그리움 하나 있다
멀어질수록 선명해지는

부르면 달려올 것 같은
어린 시절 연두색 이파리들
산들바람에 떨리고
크레파스처럼 가지런한 빛깔로
마당 한가득 해맑은 웃음
무럭무럭 자라던 꿈 많던 시절

무명치마처럼 순박한 눈동자들
바구니 옆에 끼고 작은 발걸음
들로 산으로 바닷가로
가득 채운 풍성한 바구니

살찐 별들이 내려다보는 밤
마당에 덕석 깔아놓고
바다 내음 가득한 만찬
쑥향기 퍼지는 여름밤 이야기
외로운 등 쓸어 주시던 따뜻한 미소

아득히 멀고 깊은 세월
어느덧 생의 쓸쓸한 그림자
마음속에 살아있는 보석 같은 시간들
꿈같은 춘정리
그리운 어머니 어머니

목련

힘들고 외로워도
사랑 하나로
살아가는 줄 알았습니다

기다림 속에
사랑은 더 깊어지는 거라고
사랑은 끝까지
기다려야 하는 거라고

시린 계절엔 몰랐습니다
떠나고 나면 아련히 그리워지는
하얀 미소 아름다운 그대
짧은 향연
긴 이별

복구福狗*

내 고향 수천당 냇가
찔레꽃 하얗게 필 때면
나 그곳으로 달려가고 있네

복구 묻어둔 조약돌
그 앞에 심어둔 들국화 무심히 거둬지고
찔레꽃 사라진 냇가에는
낯설은 제방이 갈 길을 막고 서있네

비조산에 노을 지면
저녁연기 피어나고
마을 앞길 길게 늘어선 팽나무 거리
잔잔히 흐르던 시냇가를
꼬리 흔들며 하얗게 달려오던 복구

* 복구福狗: 강아지 이름

첩첩산중

산을 오르다 산에 반해
물 맑은 계곡에
약초 캐며 살까 하다가

그게 아닌 성싶어
별빛 고운 밤
꿈인 듯 오순도순 사랑하다가

새벽안개 걷히던 날
까투리 멀리 날아가고
둥지는 차마 버릴 수 없어
장끼 홀로 떠도는 밤

아득히 먼 그곳
반짝이는 인연 하나
언제 다시 만날까
돌아보면 머나먼 첩첩산중

코스모스

물의 길이었다
바람의 길이었다
그 길 위에 네가 서 있다

강 언덕 걸으면 따라오던
웃음 많은 열여덟
기차역 대합실을 기웃거리다가
마을버스 오가는 길가에
손 흔들며 웃고 서있다

그리움만 남아
잔잔한 바람에도
내 마음속 코스모스 흔들리는데
돌아오지 않는 이별은 쓸쓸하다

언제 다시 만날까
가을은 깊어만 가는데
외로운 새 한 마리 날아간다
먼 하늘가로

연아의 미소

금빛보다 더 고운
은빛으로 웃고 있다

살면서 가끔
아픔이 따라오지만
슬픔은 웃음으로 이겨내는 것
아픔은 관용으로 쓰다듬는 것

최선을 다했으니 미련 없다
모두 끝났으니 후련하고 행복하다*

그랬다
정상보다 더 높은 것은
당당함이었고
기쁨보다 더 환한 것은
의연함이었다

저 깊은 바다처럼
고요한 마음
출렁이지 않았다

잃었지만 얻었다
가슴 벅차고 행복했다
우리의 작은 영웅에게
큰 박수를

* 2014년 2월 22일, 소치동계올림픽 피겨스케이트 시상식에서 연
아가 눈물을 머금고 웃어 보이며 발표한 은메달 수상 소감.

사랑

다 타지 않으면
그리움이 남는다

다 타고나면
텅 빈 마음만 남는다

사랑
지독한 그리움

매듭

허전한 기쁨으로
노교수 65년 정년 퇴임식
현악 4중주 흐르는 지성 가득한 밤

젖은 눈으로
젊은 날을 뒤돌아보며

푸른 대나무도
하늘 높이 크려면
매듭이 있어야 하듯
고난 없는 인생이 있는가*

살아가면서
눈물 없는 인생이 있는가
바람 부는 언덕에
아픔 없는 인생이 있는가

사랑하는 이여
생의 바다를 함께 건너온 이여
당신 사랑 위에
감사의 마음을 놓습니다

* 2012년 9월 14일, 김교수 정년 퇴임사 중

노래를 불러야지

산다는 것이 즐겁다고 생각해야지
마음을 시인처럼 무겁게 하고
그리고 발을 힘 있게 디뎌야지

고독해야지
고독과 사랑이 이웃이어서
지독히 고독한 다음 누군가 사랑할 수 있듯이

가난해야지
때로는 황금빛 바다 금물결 노 저어가는
가난한 행복 같은 것도 있으니까

노래를 불러야지
꽃잎 흩어질 때 작은 새 풀 섶을 거닐며
고독한 노래를 부를 때와 같이

비에 젖어야지
빗속을 친구 집까지 걷노라면
나는 행복에 젖겠지

어느 청명한 날
간절한 너를 만나
나는 행복에 젖겠지

* 1973년 월간 《한전》에 등재

산길을 걸으며

천둥 번개 거친 비바람 속을
걸어 본 사람은
맑은 날의 고마움을 안다

산길을 가는 것은
어려움을 넘는 것
발목을 붙잡는 가파른 산길
배고픔과 거친 숨소리는
생의 희열

고생 한 짐 지고 힘을 주어 보지만
덜어내고 싶은 무게
가도 가도 아득한 능선
멍든 어깨 쓸어 주던 바람의 격려

험한 길 간다고 아픔만 있으랴
산과 산이 끌어안고 겨울을 견디듯
소중한 인연들
함께 산을 넘는데 어찌 기쁨이 없으랴

광활한 자연에 들면
한없이 작은 존재
그리울 때 찾아가는 꽃길 하나 품고 산다
운해雲海의 고향 노고단으로 간다

* 1974년 10월 1일, 인천화력산악회 지리산 종주 산행
 구례 화엄사에서 ⇨ 백무동까지

바닷가에서

바다는 숨을 몰아쉬고
파도는 등 떠밀려온다

세상은 얼마나 부풀어 가는지
부서질 것 같은 질주
버릴 수 있다면
다 내려놓을 수 있다면

에메랄드빛 바닷가
몇 송이 해당화 피워놓고
느슨해진 세월
한가로이 살고 싶어

푸른 하늘에 구름 한 점
유유히 밀고 가는
청정한 바람으로 살고 싶어

거칠게 밀려오는 파도
찬 바람 부는 겨울 바다
외로운 물새로 돌아가고 싶어

시인과 이별 사이

다정한 이 보내고
슬픔 앞에 홀로 서면
그리움은 눈물이 되고
눈물은 시가 되고

길은 어디에도 있다
가지 않으면 어디에도 없다
한 무더기 슬픔도
마음을 더하면 다시 길이 된다

눈부시도록 푸른 하늘이지만
누군가는 슬픈 하늘
눈물이 나도
울면서 울지 않는 법을 배운다
시인이 바라보면 눈물도 진주가 된다

꿋꿋이 가야 한다고 다짐하지만
한밤 고요 앞에 서면 다시 무너진다
기쁨으로 가득 채운 시집은 아직
이 세상에 없다

* 2013년 11월 4일, 민경옥 시인의 시집 『너희들이 있어 풍성한
  노을』 출간을 축하드림.

만유인력

아무리 높이 올라가도
언젠가 내려올 것이니

많이 오르려
너무 애쓰지 마시게

쉬운 것 같아도
제자리로 내려오기가 더 어렵다네

어린이 놀이터

따뜻한 햇살
함박만 한 아이들 웃음소리
놀이터를 가득 채우네

잠자는 듯 고요한 세상을
흔들어 깨우니 맥박이 뛰네
웃음소리 진동하니
아파트가 다시 숨을 쉬네
아이들이 희망이네

반성 없고 염치없는
제 주장만 세우는 곳에
어린이 놀이터를 만들었으면 좋겠네
웃음 만발한 세상을 위하여

핑계만 대고
남의 탓만 하는 세상 말고
약속도 체면도 모르는 세상 말고
정직한 세상이 왔으면 좋겠네

어린이 놀이터에
어린이가 가득했으면 좋겠네

그리운 날에는

마주 보던 사람 떠나고
그리워도
어쩔 수 없는 날들

그리움은
자꾸자꾸 자라나는 담쟁이
고개를 내밀어
먼 산을 바라본다

기다림 속에 산다
오늘도 잊지 않고 젖어오는
그리운 얼굴
그려보다가 날이 저문다

그리운 날에는
시를 쓴다
그리움 위에 쓴다

제5부

물소리 바람소리

지금도 기다리고 있을까
가을이 오는 길목에서
이웃을 부르며 손짓하고 있을까
고적한 산길에서

봄 1

인생살이 바쁘지만
한 해를 시작하는 봄도 바쁘다

산에도 밭두렁에도
낯익은 얼굴들
민들레 제비꽃 봄까치꽃

방금 피어난 앳된 모습
연두 이파리
다칠세라 조심조심

봄을 들여다보면
하루해가 짧다
고개 들고 일어서는 새싹들
선량한 눈빛
고향은 다르지만 의지하며 산다

입춘

밤새 봄이 다녀갔는지
목련 가지마다 꽃 몽우리 부풀었네

이른 아침
까치 한 쌍
신혼 단꿈에 젖어 야단법석이네

오늘은 누구
반가운 손님 오시려나

제비꽃 1

능소화는 높은 담장에서
백합은 가는 허리로
라일락은 그윽한 향기로 산다

입술이 예쁜 제비꽃
보라색 꿈 하나
언덕배기 작은 집에 산다
뿌리 깊게 내리고

이른 봄부터 늦가을까지
차례대로 꽃피우며 오순도순 산다
물 한 모금 햇볕 한 자락이면
후회도 원망도 없다

오늘도 햇볕은 따사롭다
돌담장 틈에서 논다
갈참나무 풀 섶에서 잔다

경칩

온 동네
어린 새싹 깨우느라
봄바람은
하루 종일 바쁘다

줄 장미

유치원
봄 소풍 가는 날
시끌벅적하다

손 흔들며
줄 맞추어 간다
귀엽고 사랑스러워

작은 꽃

서두르지 않는다
미루지도 않는다

편한 자리가 아니어도
넉넉하지 않아도
미리 포기하지 않는다

콘크리트 틈바구니
옹색한 흙 한 줌 안고
갈증으로 싹을 내어

어려워도 지켜야 한다
잊지 말아야 한다
기어이 싹을 피워낸 작은 꽃

땀에 젖은 여름 오후
전신주에 기대어
퇴근길 반겨주는 귀여운 꽃

등나무

얼크러져
덩실덩실 춤을 추네

너무 좋아
어쩔 줄 모르네

이대로
끌어안고 죽어도 좋겠네

소나무

바위 끝을
움켜쥐고 살아도
푸르고 푸르다

바람 맞으며
눈비 맞으며
꺾이고 찢겨진 흔적

거친 비탈길
허리 굽어 힘들어도
저 옹골찬 기상

작은 바람에도
출렁이는
왜소하고 초라한 나

쑥부쟁이

휘몰아치는 바람
척박한 땅에
뿌리 단단히 내리고

궂은날이 더 많은
벽소령 지나 세석평전 가는 길
민낯으로 맞아주던 해맑은 미소
순한 향기

지금도 기다리고 있을까
가을이 오는 길목에서
이웃을 부르며 손짓하고 있을까
고적한 산길에서

답답한 날이 많았다
너에게 가는 바람처럼 불쑥
너를 만나러 갈 것이다

가을의 빛깔

덥다가 춥다가
되게 몰아치더니
위풍당당하던 검푸른 잎이 느슨해졌다

젊은 날은 푸른 듯하지만
서리 오는 길목
멀리 떠날 채비하는 이파리들

능선이 험할수록 아름답듯
궂은날 견디어 온 나무들 꽃처럼 곱다
색깔이 다르니 저마다 이쁘다

낙엽 쌓인 숲길
누구나 저물어가는 가을이 있다
눈물이 흐르는 날에는
스스로 사랑하고 격려하고 위로할 것

상강霜降 무렵

시련 중에도
풀들은 열매를 맺었고
새들은 노래를 불렀다

비바람 중에
풀들은 이리저리 시달렸지만
다시 일어섰고
흠뻑 젖은 새들도
깃을 털며 다시 날개를 폈다

누렇게 빛바랜 풀잎에
하얗게 내리는 서리
꽃 나무 새들은 저마다 견디며
시린 아침을 맞는다

슬픔 중에도 의연하게 산다
시련 중에도 희망을 안고 산다
할 말은 많아도 줄이며 산다

호숫가에서

안개는 아침마다
일찍 내려와
밤새 무겁던 마음 씻으며
떠나야 할 길을 묻고

해오라기는
누구나 아는 비밀을 안고
그림자처럼 서있다

누가 일러주었을까
배고픈 설움까지 삼키며
굽힐 줄 모르는 저 인내를

겹겹이 사연을 두고 간 사람들
다시 찾아와
추억이 잠긴 호수에 미련을 씻는다

안개 떠난 길을 따라
새도 떠나가고
한 조각 뭉게구름에 기대어
꿈꾸는 앞 산 그림자

목가牧歌

좋은 날 또는 궂은 날
넉넉하진 않아도
쑥쑥 자라는 곡식들

어려움이 있으련만
누군가에 기쁨이 되고
위안이 되는
푸른 텃밭이 되고 푸성귀가 되는

밭 갈고 고랑치고
정성으로 씨를 심듯
하루하루 수필이 되고 시가 되기를

사랑아
미움보다 포용이 더 많은 사랑아
슬픔보다 기쁨이 더 많은 내일이 되기를

낙엽

마지막 타는 노을이
더 붉은 것처럼
단풍은 아직
더 타고 싶은 열정이 있다

어둠에도 빛이 남아있듯
낙엽에도 온기가 있다
아름다움이 있다

바람이 불면 부는 대로
이리저리 몰려다니며
어깨를 마주하며 산다

그리운 사람들
그리움으로 모여 산다
낙엽처럼 몰려다니며
외롭지 않게 살고 싶을 때도 있다

낙엽 지던 날

푸르던 잎 흐려져
곱게 물드는 아침
가을비 내리고

나뭇가지에 함께 펄럭이며
꽃을 피우다가
아름답게 물들다가
낙엽 되어 떠나간 그리움

어린 시절 걷던 언덕엔
단풍잎 뚝뚝 떨어지고
우리 모두 이별 앞에 서 있네
영원한 안식 기원하며
눈시울 젖어드네

* 2012년 11월 3일, 황국정 시인 영전靈前에

산 같아야

거센 눈보라
침묵으로 받아내며
엎드려 기다리는
산 같아야 하리

때가 되면 잊지 않고
넉넉한 품으로
나뭇가지 마다 싹을 틔워내는
푸른 산 같아야 하리

모두를 안아주고
다독이면서
그저 허허 웃어주는
너그러운 산 같아야 하리

부드럽고 다정하게
때론
거칠고 준엄한
산 같아야 하리

달

향 깊은
차 한 잔

고요하고
은은하다
평생 같이 살아도 정겹다

윤달

복 많은 놈 따로 있다

쉬엄쉬엄
한가롭게 다녀도
때로는 보너스 한 달

폭우

반성 없이 살아온
젊음을 꾸짖듯
괄괄한 목소리로 달려오는 천둥

거침없이 퍼붓는 빗줄기
고개 쳐들고 빳빳한 것들은
꺾어지고 넘어지고

할퀴고 간 자리마다
꿰매야 할 상처
퍼내야 할 시련 덩어리

흙탕물에 잠기고 나면
다시 시작이다
무너진 희망 일으켜 세우고

허물어진 마음 다시 쌓는다
여름 해가 다 타도록
고단한 허리 세우고 또 세운다

태풍

발길 닫는 대로
처절한 몸부림으로
달려오는 바람

철탑도 등대도
추억어린 방파제도
거침없이 때리는 바람

막아놓은 것
저항하는 모든 것
붙잡고 흔들어대다가
만신창이로 떠나가는 바람

꺾이지 않은 교만
어리석음 깨우러 또 오리라
거대한 바람
뒤돌아보며 간다

대여大餘의 담담한 시선

최창일(시인, 이미지 문화학자)

1.

왜 같은 언어를 사용하여도 시인의 언어에는 대여大餘가 있을까.

우리가 만나는 윤평현 시인은 대여의 대표적인 시인이다. 대여란 큰 여백을 말하지 않는가. 윤 시인의 시는 수묵화水墨畵 같은 언어들의 서끌이다. 중심에 몽환夢幻의 대여가 옹크리고 있다.

산수화에서 묵墨을 치며 여백을 두면 그 자체가 그림의 부분이다. 시는 그림과 같이 원근을 표현하지 않아도 언어의 건축에서 대여를 표현한다. 수평선이라 말하지 않아도 수평선이 보이는 것이 시의 형태학이다.

평범한 언어가 묘하게 새것으로 다가오는 것. 서두르지 않는 것들이 오히려 팽팽하고 긴장감을 준다. 서두르지 않는 것들은 변함없는 자연이며 푸르게 전진하는 역사 들이다. 그뿐이랴, 갓 구워낸 백자를 유심히 살펴보고

쓰다듬어 보면 천년 도공과 백자의 모습이 보이는 것과
같다.

건축가가 집을 지을 때 어떤 부재를 어느 곳에 적절히
사용하느냐에 따라 집의 규모와 모양과 품위가 달라지듯
시인이 언어의 부재들을 어떻게 세우고 앉히느냐에 따라
언어의 부재들은 큰 기둥이 되거나 우람한 건축물로 탈
바꿈되는 것이다. 윤 시인의 시에는 한옥의 건축 부재들
이 질서정연하게 깔려있다. 한옥을 예로 든 것은 소박한
소재들이 한국적 언어의 집을 짓고 있으며 전통적 편안함
과 안정감을 준다.
　　윤 시인의 시는 자기로부터 소외된 독자를 깨우고
있다.
　　시와 걷고 시와 대화를 하는 모습들이 연연히 묻어
난다.

2.

끊어질 듯 아픈 허리 일으켜
다시 만나야 할 강
돌아서서 껴안아야 할 산

찢겨진 이별

곧 오마든 그 약속 잊은 채
반신불수로 칠십 년

고통의 이름
헐벗은 그대
슬픈 우리들

너는 나의 그리움
언제 떨리는 손 잡아보랴
기쁨의 눈물 흘려보랴

부르면 달려올 것 같은
그리운 강산
오늘도 무심히 흘러가는 임진강

-「임진강」 전문

두들겨도 두들겨도 열리지 않는 문이 있다. 그것이 오늘의 임진강일 것이다. 분단의 강은 허리를 부여잡고 흘러야만 하는 고통이다.

시인이 보는 임진강은 소름이 끼치도록 늠렬凜烈하다. 한반도 강산의 허리는 단풍잎 같은 슬픔이 뚝뚝 떨어진다. 단풍잎에서 떨어져 나온 자리마다 반신의 눈물이 흐른다. 우리의 임진강은 봄을 마련하기에는 너무 멀고 험

난하다. 시인에게는 인식의 내역內域이 있다. 물론 인식의 주체는 자신이다. 거기에 대상이 있기 마련이요. 대상을 통한 화자의 객관화가 이루어진다. 시인에게는 사물의 실상을 파악한다는 것은 그 깊이만큼이나 두려운 것들이다. 마치 아무렇지 않은 그것처럼 의연하지만, 잠 못 이루는 밤이 시인의 조국 관이다.

시인이 바라보는 임진강은 지금 비록 파리하지만, 미래의 하나 됨을 기원한다. 분단의 강은 시인의 가슴으로 흐른다. 사람은 자기를 누군가 확인시켜 줄 때 한없는 외로움과 두려움이 엄습하기도 한다. 이렇듯 임진강에서 시인은 아픈 허리를 움켜쥔다.

강을 바라보는 것이 아니라 시인은 시대적인 어두운 그림자, 자꾸만 박제剝製되어가는 생존의 의의 속에서나마 최소한의 목표와 긍지를 안고 살아가고자 하는 몸부림이자 숙원의 기도이다. 무릇 시인에게는 비극의 예감과 죽음의 계시마저 엿보는 숙명의 시선을 가졌다.

찢겨진 이별의 아픔은 시간 속으로 흘러만 간다. 그 안에서 그리운 것들이 하나씩 둘씩…. 눈앞에서 사라져간다. 시인에게 분단의 아픔은 마음에 내리는 고뇌이며 몸부림이다. 임진강 앞에 선 시인의 절규와 항변이 무겁게 온몸에 전해진다.

시인에게 사유의 현실은 여행의 방랑자다. 이러한 윤 시인에게 시편의 회화성繪畫性을 맵시 있게 살린 작품이다. 오밀조밀한 의식의 계절들이 짜임새 있어 보이는 구도를 이룬다. 윤 시인의 작품 중 '이순耳順, 잃어버린 기억(치매), 이사하던 날, 이별, 응급실, 은행잎이 떨어질 때, 왜'…. 와 같은 시의 서끝은 추상성을 배제한 구체적 사물들이 등 장하며 나열됨으로 시적 긴장과 묘미를 더해 주고 있다.

3.

서두르지 않는다
미루지도 않는다

편한 자리가 아니어도
넉넉하지 않아도
미리 포기하지 않는다

콘크리트 틈바구니
옹색한 흙 한 줌 안고
갈증으로 싹을 내어

어려워도 지켜야 한다
잊지 말아야 한다
기어이 싹을 피워낸 작은 꽃

땀에 젖은 여름 오후

전신주에 기대어
퇴근길 반겨주는 귀여운 꽃

-「작은 꽃」 전문

  첫 시집 제목은 『무릎을 꿇어야 작은 꽃이 보인다』였
다. 두 번째 시집에서 「작은 꽃」의 시편을 감상하면서 시
의 공명을 다시 생각한다. 작은 꽃을 보는 시인의 시선은
작지 않다. 독자가 보는 작은 꽃은 지구의 움직임처럼 크
게 보일 것이다. 시가 갖는 마력이다.
  피안의식彼岸意識이 점령된다. 시를 통해서 우주를 보여
주는 것은 그리 쉬운 것은 아니다. 번뇌가 목마름과 같은
시련의 부분일 수도 있다. 스스로 투쟁이나 기도를 하지
않으면 벗어나기 어려운 것이 번뇌다. 비록 작은 꽃일지
라도 이와 같은 번뇌를 벗어남으로 목적을 달성하는 꽃
이 된다. 보통의 번뇌와 시인의 번뇌는 차이가 있다.
  자유시에서 반드시 기승전결起承轉結의 뼈대가 필요한 건
아니지만, 네 번 연에서 '어려워도 지켜야 한다/잊지 말아
야 한다/기어이 싹을 피워낸 작은 꽃'에서 보듯이 현실
적 고뇌 앞에서 잠재화潛在化시키려는 자신의 신념을 '어려
워도 지켜야 한다'는 동작으로 대속代贖하고 있는 것으로
보인다.
  일상의 잠재의식 안에는 형상화되기 이전의 이미지들이
널려 있다. 키 낮고 작은 자연의 사물에 호흡을 불어 넣

는 것은 시인의 사명이기도 하다. 시인에게 신앙의 빛깔과 무게가 비록 기복祈福에 있진 않았다 하더라도 사물의 순수 공간에 접근하려는 의도적인 노력은 이미 깊숙이 종교적인 것들이다.

4.

반성 없이 살아온
젊음을 꾸짖듯
괄괄한 목소리로 달려오는 천둥

거침없이 퍼붓는 빗줄기
고개 쳐들고 빳빳한 것들은
꺾어지고 넘어지고

할퀴고 간 자리마다
꿰매야 할 상처
퍼내야 할 시련 덩어리

흙탕물에 잠기고 나면
다시 시작이다
무너진 희망 다시 일으켜 세우고

허물어진 마음 다시 쌓는다
여름해가 다 타도록
고단한 허리 세우고 또 세운다

-「폭우」전문

윤 시인은 폭우라는 극단의 상황을 매우 냉철하게 인간
사의 결結로 보고 있다. 흙탕물에 잠기고 나면 다시 시작
이라는 희망으로 전환이 되는 것들. 시란 원초적 균열을
막는다. 아주 자연스럽게 고난과 갈등을 치유하는 것이다.

인간은 늘 대지와의 투쟁이 끝나고 저녁놀에 물든 쓸쓸
한 시정詩情과 광막한 들판에 서 있는 소박하고 외로운 기
도자의 모습이다. 영혼을 가다듬고 지친 마음을 다독여
주는 시라면 그것은 위로가 되고 영혼의 시가 된다.

우리는 어떤 경우 비하하는 말로 변하지 않는 집단, 변
하지 않는 사람이라고 평가한다. 기분 좋지 않게 내려보는
하대의 비꼼이다. 변하지 않은 것은 치유가 되지 않을 것
이다. 폭우를 대상으로 치유의 세상으로 바라본다는 것은
우리 공동체에게 격려와 위로가 될 것이다.

한글은 표음문자表音文字다. 표음문자란 글씨 하나하나가
음의 단위를 표현한다. 윤 시인의 시를 읽노라면 표음문자
의 전형이라는 생각이 든다. 폭우도 예외가 아니다. 그냥
소리 내어 낭송하고 싶어진다.

윤 시인의 시의 특성은 낭송가들이 낭송하기 좋은 표음과 운율을 가졌다. '코스모스'의 시는 4행으로 된 시다. 3행에서,

잔잔한 바람에도
내 마음속 코스모스 흔들리는데
돌아오지 않는 이별은 쓸쓸하다

표음의 극대치다. 가을꽃, 코스모스를 등장시켜 흔들리는 것들의 이미지를 적절하게 그려준다. 사물에 대한 보다 높은 인식의 전환점에서만이 자연을 보여주고 정서적 공간의 확산을 나타내준다. 단세포적인 전원 풍경에서의 몰입이 아닌 더욱 넓고 활달한 의식 세계의 전개를 보여줄 때 시적 감흥은 높아진다.

시인을 들어 심연深淵의 노동자라기도 한다. 윤평현 시인의 시편을 바라보면 자연과 사물, 일상을 대하는 방법이 사유를 떠나서 우선 따뜻하다. 표출表出하거나 두드러지게 언어를 나열하지 않아도 생의 심연을 응시하게 한다. 시인이 향해香海로 피워낸 은밀한 소로小路라 할 때 다소곳이 걸어가는 모습이 '우주의 일'이라는 것이다.

"시의 여백이 좋았습니다/ 끝난 것 같아도 다시 시작입니다"라는 첫 시집의 '시인의 말'이 인상적이었다. 그러면서 시인은 "시의 뒷모습이 넓어 매력이 있다"라는 표현도

했다. 만물은 공명共鳴이 있는 법. 시인은 공명을 통하여 소리를 듣거나 전한다. 어디까지나 시인의 시적 걸음은 뚜렷해야 함을 알고 있다. 거대한 고독이 있어도 그 고독을 나누지 않는다. 그냥 고독을 다독여서 따뜻한 공명으로 만든다. 그리고 시인이 고독을 발효하여 나누어 준다.

5.

산을 오르다 산에 반해
물 맑은 계곡에
약초 캐며 살까 하다가

그게 아닌 성 싶어
별빛 고운 밤
꿈인 듯 오순도순 사랑하다가

새벽안개 걷히는 날
까투리 멀리 날아가고
둥지는 차마 버릴 수 없어
장끼 홀로 떠도는 밤

아득히 먼 그곳
반짝이는 인연 하나

언제 다시 만날까
돌아보면 머나먼 첩첩산중

-「첩첩산중」 전문

시는 하나의 진술陳述이다. 한 상황 속에서 몸부림치는
언어의 반란, 그 유리컵 속의 반란이다. 유리컵이 상징하
듯 언어는 투명함에서 삶의 지렛대 역할을 한다. 그늘지
고 아픈 의식의 한 단면, 이미지를 통해 형상화한다. '첩
첩산중'이 밝히듯 약초, 새벽안개, 까투리, 별과 같은 자
연을 통하여 인생의 길이 수월치 않음을 모색하며 나아
가지만 정감情感의 언어로 엮어지는 것이 신비롭다. 자유
와 의식이 향하는 곳은 하나의 창이요 빛살이다.

윤평현 시인의 시 정신은 불모성不毛性과 빈혈의 내면경
內面境이다. 바꾸어 한 걸음 더 들어가 살펴보면 평범한 가
운데 느낌이 큰 시편을 만드는 공감대의 시도반詩道伴이라
는 것이다. 이 시대의 발밑은 어둡고 너무나 크게 흔들리
고 있다. 이것은 밤의 암흑기가 될 수 있다. 출구 없는 열
정을 가슴 아프게 돌아보게 하는 시대다.
이런 것을 두고 시대는 시인에게 치사량이 넘는 산소의
부족 현상을 일으킨다고 할 수 있다. 윤평현 시인의 시편
은 완전연소의 내연을 가졌다. 안정이 없고 불투명한 주
제 앞에서 푸른 주재로 바꾸는 기술은 선학이나 후학의

시인들이 모방하여도 좋다는 생각이 든다.

시인의 시의 경향을 정리하면서 마무리한다.

회화성이 두드러진 작품으로서 시적 압축보다는 산문적 진술에 기울은 느낌도 든다. 밝고 힘찬 시상을 통해서 미래에의 의지나 품이 크고 발랄하게 고동치는 시들의 경향을 기대해 본다.

나무에는 잎새와 뿌리가 있듯 사물의 인식에도 순수의식과 불확실한 감성이 작용한다. 때로는 잎새가 두드러지기도 하고, 뿌리가 돋보이기도 한다. 시인의 의식은 잎새보다 뿌리를 지향하는 게 바람직스러울 것이다. 가변적인 현상을 집착할 것이 아니라 영원한 생명의 근원에 다가가야 하기 때문이다.

윤평현 시인은 빛살을 일자一字로 나열하는 시의 본보기를 가지고 있다. 그의 시는 파닥이지 않게 나열하는데 묘하게 파닥이는 생동이 보인다.

대여大餘스럽다.

삶이 詩다

윤평현 지음

발행처   도서출판 청어
발행인   이영철
영업   이동호
홍보   천성래
기획   남기환
편집   방세화
디자인   이수빈 | 김영은
제작이사   공병한
인쇄   두리터

등록   1999년 5월 3일
           (제321-3210000251001999000063호)

1판 1쇄 발행   2023년 11월 20일

주소   서울특별시 서초구 남부순환로 364길 8-15 동일빌딩 2층
대표전화   02-586-0477
팩시밀리   0303-0942-0478
홈페이지   www.chungeobook.com
E-mail   ppi20@hanmail.net

ISBN   979-11-6855-202-9(03810)